COMMUNIQUÉ

AUX

LECTEURS

DE LA

LANTERNE

2ᵉ ÉDITION

PRIX : 40 CENTIMES

PARIS — SEPTEMBRE 1868

DIALOGUE

COMMUNIQUÉ

AUX LECTEURS DE

LA LANTERNE

Est-il besoin, comme l'ont fait maladroitement certains écrivains grossiers, d'employer l'injure et la sottise pour combattre les dires d'un rédacteur de journal?
tes, et le public sait faire largement justice e ces pro-
cédés sales, mauvais, et ne pouvant inspir
et mépris. Injurier un homme et le cal
pas discuter ses actes et ses écrits; ce s
donner raison.

M. Rochefort tient une plume dont il se
ment, avec finesse et esprit; il tourne ti
phrase, *ajuste* spirituellement l'alinéa, évitan

jeter dans la boue par l'insulte. C'est un homme probe, et il a raison.

De là à être vrai, la distance est très-grande ; il s'agit donc de démontrer où est l'erreur, sans employer ce langage odieux que repousse tout honnête homme, sans avoir recours à ces propos dignes d'un égoutier mal appris, à cet argot malséant et malpropre qui ont infecté pendant trop longtemps la capitale du monde.

Je présente donc au public, sous le titre :

Dialogue communiqué *aux lecteurs de la* Lanterne,

quelques réflexions sur les dix premiers numéros de cette publication.

Si le style manque d'élégance et de correction, il faut le pardonner à l'illettré qui n'a eu que la prétention d'amuser un instant, en faisant ressortir l'exagération contenue dans la brochure rouge.

Dans *la Lanterne* nᵒ 9, M. Rochefort dit à ses lecteurs qu'il n'insère pas le *Communiqué* envoyé par le Ministère, vu que la taille démesurée de ce document absorberait environ quarante à quarante-cinq pages de sa publication et qu'il renvoie l'affaire à huitaine.

Le Siècle, lui, prétendait que les soixante pages de *la Lanterne* seraient insuffisantes pour le contenir.

La huitaine s'écoule et le public s'empresse de faire l'achat de *la Lanterne* nᵒ 10.

M. Rochefort déclare alors qu'il se voit forcé de publier la prose ministérielle, avec *bien du regret*, sans doute !

= Pourquoi *bien du regret ?*

—Ecoutons ce que les fous ou les sages en disent :

— Oui, mon cher monsieur, l'*intrépide* rédacteur de *la Lanterne*, qui est *de très-bonne foi*, du reste, a eu le malheur de se tromper dans son appréciation sur la mise en page, et voilà ce qui le désespère.

= Ah ! j'avais pensé, moi, que ce regret avait été suscité par la rédaction claire et précise du *Communiqué*, rédaction qui venait donner aux allégations de M. Rochefort un démenti bien formel et détruire tout l'échafaudage d'accusation qu'il avait dressé devant l'affaire Sandon.

— Oh ! vous vous trompez, mon cher, écoutez plutôt :

Le *Communiqué* commence à la page *deux* de *la Lanterne* et se termine à la page *vingt*, ce qui donne *dix-neuf pages* de texte et non *quarante-cinq à cinquante*, comme il avait été dit ; en tenant compte des blancs jetés entre chaque alinéa et cela *pour rendre plus supportable la lecture de ce document*, le metteur en page a pu gagner trois pages, réduisant ainsi à *seize* ce qui avait été estimé *cinquante*. Vous pensez combien M. Rochefort, qui *n'exagère jamais rien*, a été vivement peiné de cette méprise : il m'a été dit, je ne puis rien affirmer, qu'il avait eu l'intention de s'excuser de cette première appréciation, mais qu'un compositeur lui aurait insinué que le public lui répondrait, non sans raison, qu'ayant déjà fait dix *Lanternes*, il devait après ce grand travail savoir, à une page près, ce qu'un manuscrit, fût-il ministériel, pouvait fournir de composition ; il a donc dû renoncer à cette idée et insérer contre son gré le *Communiqué* ; voilà.

= Ajoutez qu'il a préféré dire tout simplement que le *Communiqué* ne prouvait rien, ne répondait pas à sa question et ne détruisait nullement ce qu'il avait dit au sujet de M. Sandon. Façon originale d'apprécier la chose, je ne le conteste pas, mais à coup sûr, parfaitement étrange et fausse. Le public a jugé, n'en parlons plus.

❦

— M. Rochefort a bien de temps à autre quelques phrases malencontreuses, quelques expressions malheu-

reuses, je veux bien le reconnaître, telles par exemple
que :

> *Meringue en décomposition,*
> *Au prix qu'est le beurre, etc,*
> *Le diable m'emporte,*
> *Punaises de sacristie...*

Mais, comme il rachète ces quelques oublis du style
élégant par ce qui suit, inséré dans *la Lanterne* n° 8 :

« Le journal *la Lanterne* serait très-reconnaissant à
« Mme Hartmann, la veuve du citoyen qui s'est coura-
« geusement sacrifié, si elle voulait accepter pour ses
« enfants les cinq cents francs que je tiens à sa dispo-
« sition, et qu'elle peut venir toucher dès maintenant,
« rue Coq-Héron, n° 5, si elle n'aime mieux m'envoyer
« son adresse que *j'ignore.* »

— Voilà un bel acte, j'ose l'espérer.

== Écoutez, cher, n'allez pas supposer que je veuille
vous enlever vos illusions et diminuer en quoi que ce
soit le *beau* de la *bonne œuvre* que fait ressortir cette
citation; mais permettez-moi de répéter seulement ce
que j'ai entendu dire dans le public à ce sujet. Les
commentaires sont libres; vous n'ignorez pas que plusieurs généreux citoyens, émus de l'affreux malheur
qui frappait Mme Hartmann, ont adressé leur offrande
au colonel des pompiers, afin qu'il la fasse parvenir à la
pauvre veuve; que d'autres ont eu recours à M. Timo-
thée Trimm, qui avait fait un charmant article plein de
cœur, où il annonçait qu'il se chargeait de faire tenir à la
famille désolée les secours qu'on lui adresserait ; puis
il donnait l'adresse de la digne femme, à la caserne de
la rue Culture-Sainte-Catherine, et le moyen de lui venir
en aide en échangeant de l'argent contre du corail, ce
qui était encore plus délicat. Enfin, le maire de l'arron-
dissement, le commissaire de police du quartier, tous
étaient disposés à aider de leurs renseignements les
gens généreux et bons qui cherchaient Mme Hartmann.
Or, en lisant *la Lanterne* n° 8, plusieurs lecteurs, ont

eu la malheureuse idée de dire : Que si M. Rochefort
avait eu recours à son journal pour faire ce don à
Mme Hartmann, c'était uniquement pour publier le fait
à 120,000 exemplaires.

— Comme les gens sont méchants ! Mais si cet
homme ne connaissait pas cette adresse? Voyons ! il faut
être juste. Cela me rend tout triste, je suis tout ému !
Voilà un homme prodiguant le bien pour le plaisir
de le faire, et aussitôt on l'accuse d'ostentation. Ah vrai,
cela n'est pas bien. Si M. Rochefort avait dit cela d'un
ministre, passe encore, mais le public dire cela de lui,
oh, jamais ! jamais !

— Comme M. Rochefort a raison de se venger !
Ainsi, dans *la Lanterne* n° 10, page 44, il dit à
M. Rouher qu'il a le tort de toujours se proclamer honnête homme, ajoutant qu'il faut laisser dire cela aux
autres et que jamais on ne doit se mettre en avant. Je
sais bien que vous allez me répondre incontinent :

Est-ce que M. Rochefort, lui, n'a pas dit, *Lanterne*
n° 7, page 386 :

« Je m'inquiète d'autant moins de mes destins futurs,
« que ceux de ma malheureuse patrie me tourmentent
« davantage. »

Mais, voyons, est-ce que cela est la même chose?
d'une part, il parle de la vénalité de M. Rouher, de
l'autre de son dévouement, à lui, pour la patrie. Vous
voyez bien que vous êtes dans l'erreur en faisant ce par-
rallèle ; et d'abord je ne comprends pas que vous lui
reprochiez de trouver qu'un défaut chez les autres soit
une qualité chez lui, et l'accusiez, lui, si dévoué à la
cause de *sa nation, qu'il iraite d'ignorante, d'arriérée
et de tombée,* mais cela, il est vrai, par une appréciation
à part.

Ne vous dit-il pas plus loin :
« Si le jour vient jamais de sacrifier *Lanterne,* ar-

« gent, avenir, soyez sûrs que je ne ménagerai ni mon
« journal, ni moi-même. »

= MOI M'AIME ! me plaît assez, et M. Rochefort a
bien fait de clore sa tirade sur le sacrifice qu'il ferait de
sa personne et de sa fortune par ces paroles tirées du
langage des nègres, et je reste d'accord avec lui et vous
sur ce point.

— Ah ! tenez, vrai, vous êtes méchant, vous ne voulez
pas croire à la sincérité de M. Rochefort, et cela me désespère ! Un homme si..... ah ! je ne puis achever, la
colère m'étouffe, car je sais que la plupart de ceux qui
le lisent sont aussi incrédules que vous.

— Ah ! j'en ris encore ! Est-il spirituel et amusant,
dans ce passage où il parie à M. le président Schneider
une locomotive contre un de ses *communiqués*, à lui,
celui de *seize pages* évidemment, puisqu'il n'en a
pas reçu d'autre. Ah ! mais, j'y pense, c'est peut-être
d'un *communiqué* à venir. Voyez-vous, le malin ; je pa-
rierai à mon tour le bénéfice de la vente d'un tirage de
sa *Lanterne*, qu'il élabore en ce moment un article devant amener un second *communiqué*. Il aurait tout
avantage, surtout s'il était un peu plus long ; les ache-
teurs ne feraient pas défaut. S'il allait gagner la locomotive ! Oui, mais il me vient une idée, il faudrait
attendre l'ouverture de la Chambre pour cela, et *la
Lanterne* pourra-t-elle soutenir son pari ? C'est ce que
que nous verrons.

J'ajoute une bien faible croyance à ce qui va suivre,
et je serai fort surpris si *un seul* lecteur de *la Lanterne*
y ajoutait foi.

On accuse M. Rochefort d'avoir voulu faire une
affaire de son opposition systématique, de vouloir quand
même gagner ce vil métal nommé argent, afin de se
constituer un pécule assez raisonnable pour aller en

manger les rentes dans les sites frais, embaumés et adorables de Nice, en riant des badauds, des curieux et des habitants *arriérés et ignorants* de la nation *idem*...

Ceci est trop fort, et jugez jusqu'où peut entraîner la jalousie et l'envie. Un homme tel que M. Rochefort, l'honnêteté, le dévouement même (c'est lui qui l'a dit), l'intégrité, le sacrifice personnifiés (c'est encore lui qui l'a dit) et, nous devons le croire (nous croyons bien à des choses plus étranges), lui, faire une spéculation ! Vous ne savez donc pas qu'il a écrit :

« Les honnêtes gens peuvent-ils s'imaginer que je « suis homme à exploiter mon opposition » (il a oublié *systématique*, nous retrouverons le mot plus loin) « comme une industrie »

Allez, les médisants, attrapez; c'est bien fait pour vous. Notez bien ceci que M. Rochefort ne parle de *lui* que parce qu'il y est obligé, afin de parler des *autres* (*Lanterne* n° 1, page 10) ! Que pourriez-vous répondre ?

= Rien, sinon que vous êtes assez bon avocat, mais que vous ne me ralliez nullement à la cause.

= Votre Rochefort...

— Permettez, vous pourriez bien dire *Monsieur*, je suppose.

= Eh bien, soit. Votre *Monsieur* Rochefort est un homme à opposition incurable, à parti pris, il n'est pas sérieux, et comme le disait très-spirituellement M. Edmont About, ce besoin de critiquer, de blâmer quand même est *inguérissable* chez lui.

— Oh ! assez ! assez ! cela a été déjà dit par un monsieur qui lui a écrit dans le n° 2 et qui a signé : *Un lecteur qui vous suit depuis longtemps.*

Il a répondu assez clairement pour n'avoir pas besoin de revenir là-dessus : il a parfaitement déclaré que son opposition était, et sera systématique, et que tant que le *Constitutionnel* conservera son approbation systématique, il n'en démordra pas. Il a même, je me le rappelle, à ce sujet, commencé de conjuguer le verbe :

> « Je suis systématique,
>
> « Vous êtes systématiques,
>
> « Nous sommes systématiques, etc., etc. »

Je crois que voilà des preuves suffisantes et qu'il vous a assez montré que si son opposition était telle, il savait aussi conjuguer. Ainsi donc n'en parlons plus.

— Les concours régionaux, en voilà une chose... absurde et inutile, et comme il a bien démontré que cela ne servait à rien !

= Et l'agriculture alors !

— Laissez-nous donc tranquille avec votre agriculture ; M. Rochefort ne vous a-t-il pas fait voir par A + B que l'on pouvait la laisser marcher seule et que tout irait bien dans le meilleur des mondes... d'agriculteurs ?

Il est vrai que d'autres écrivains fort capables, et qui ont fait leurs preuves bien avant M. Rochefort, trouvent que l'on a besoin d'encourager les travailleurs de terre, que les bras manquent aux champs, et que les concours régionaux sont un stimulant et retiennent les laboureurs ; mais ils ne savent ce qu'ils disent. Moi, d'abord, je ne comprends que ce que dit l'*intègre*, le *savant* M. Rochefort (le comte de).

Il paraît que quelques monarques mal avisés ont reproché à M. Rochefort et à quelques autres journalistes de faire de la bien mauvaise politique. Eh bien, voilà des souverains que je plains et qui doivent bien amèrement regretter d'avoir tenu ces propos, car M. Rochefort riposte en leur disant nettement qu'ils font souvent de la littérature bien exécrable. Bien envoyé, M. le comte. Bravo ! les voilà punis.

= Vous trouvez cela !

— Oh oui! Remarquez la conviction que je mets dans cette exclamation. — *Oh! oui!*

A propos de la mort d'un brave huissier du Corps législatif, ne vous a-t-il pas fait remarquer que les hommes politiques qui font partie de la Chambre ont dit bien souvent :

« Nous défendrons le Gouvernement, fût-ce au péril
« de la vie! »

M. Rochefort, lui, à la bonne heure, il dit mieux :

Je défendrai le peuple français, fût-ce au péril de ma *Lanterne.*

Moi, j'appelle cela avoir du cœur, du courage, de l'héroïsme et être plus *concluant* que les exclamations des députés.

= Oui, oui, pourvu que *la Lanterne* se vende longtemps à 120,000 exemplaires avec 15,000 francs de bénéfice par tirage.

— Ah ! tenez, vous êtes insupportable avec votre raisonnement. Je ne comprends pas que vous soyez si caustique et surtout si incrédule sur la bonne foi du comte. Vous êtes désespérant et vous mourrez dans l'impénitence finale.

— Et Néro ! jusqu'à un chien dont il fait la biographie. Voilà un homme qui n'a pas de négligence; il s'occupe de tout ce qui peut intéresser ses lecteurs, et cela, sans jamais *rien exagérer.* La preuve est dans les lignes suivantes : M. Rochefort nous raconte que l'auteur d'une brochure sur la rage insistait pour faire abattre tous les chiens, y compris Néro, mais que le Gouvernement tenant à Néro autant que M. le comte tient à ses idées de contradiction, aurait laissé supposer que pour punir la témérité de l'audacieux écrivain, demandant la mort de ce chien, la guillotine serait dressée comme en 93, sur la place de la Concorde, plutôt que d'*accéder* à cette demande.

Néro succombe par une atteinte de la maladie, et Rochefort, pardon, *Monsieur* Rochefort de s'écrier : La ville de Paris va créer un boulevard ayant nom : Boulevard Néro ; cela est plaisant, risible, amusant mais pas outré.

Après cela, je sais bien que quelquefois l'esprit de ce *demi-dieu* s'égare, mais il ne faut pas lui en vouloir, c'est une si grande complication que de chercher à faire toujours bien. Des gens instruits et polis, ajoutant à ces qualités celles du cœur, ont été appelés par lui des *pleutres* ; il ajoute que son plus grand désir serait d'entendre les souverains qui font d'*exécrable littérature*, répondre à ces gens-là quand ils s'adresseraient à eux :

« Laissez-moi tranquille, vous êtes des blagueurs. »

Ali-Bajou, dans le *Caïd*, prétend que ce mot est un terme de choix qui signifie menteur. Pourquoi M. Rochefort ne l'emploierait-il pas de préférence ? Décidément et réflexion faite, on ne peut qu'approuver ce langage.

Il reproche à M. de Maupas d'employer une particule qu'il n'a pas, tandis que lui en a une qu'il n'emploie jamais. Vous me direz qu'il tient peu au nom et au titre de sa famille. Chacun son goût, mon cher. Qu'est-ce que vous répondrez à cela ?

=Rien......

— A la bonne heure !

Saisissant le motif de la *saisie* de *la Lanterne* dans les kiosques, M. de Rochefort (c'est un homme que j'estime trop pour lui supprimer sa particule), fait ressortir le ridicule des prétentions au style académique des magistrats, et cela, à propos des mots latins *secum* et *portare* (porter avec soi.) Bravo ! voilà comment je comprends qu'on prouve les choses ; d'autant mieux qu'il résulte de ce trait spirituel que M. de Rochefort est plus savant que tous les Ministres réunis. J'aime cela, moi ! Quel homme ! Je l'admire ! Je l'adore ! Allons ! voyons, Monsieur, un bon mouvement, admirez-le ! adorez-le !

Les deux jeunes filles qui ont voulu se suicider dans une chambre de la rue Saint-Denis afin de rester vertueuses, ont été arrachées à la mort par des voisins qui leur sont venus en aide. Elles ont juré de ne pas recommencer d'attenter à leur vie devant les conseils et les secours charitables. Chacun a voulu contribuer à les sortir de la misère, et désormais le travail ne leur manquera pas.

M. de Rochefort aurait bien pu, comme pour Mme Hartmann, prier ces jeunes filles de venir chercher *cinq cents francs* parce qu'il *ignorait* leur adresse ; il avait déjà gagné assez d'argent pour cela, et aurait pu, de cette façon publier le fait à 80,000 exemplaires à cette époque ; mais il a préféré leur donner quelques conseils qui étaient bien en opposition avec ceux que les bons voisins leur avaient déjà donnés. Les conseils de M. de Rochefort commençaient ainsi :

« Mademoiselle, il n'y a pour vous, qui êtes sans for-« tune, d'autre métier que l'inconduite » et finissaient par :

« Jean, faites avancer la voiture. »

Eh bien, figurez-vous que ces vertueuses jeunes filles ont été assez naïves pour ne pas vouloir les entendre ; on dit même qu'elles ont eu la maladresse d'être scandalisées de cette morale, et qu'elles préfèrent travailler et vivre honnêtement,

Je ne puis concevoir une semblable conduite. Ne pas écouter M. le comte. Ah ! cela est bien mal.

Tiens, où est donc mon interrupteur ? Il a disparu. Il

a craint une trop longue discussion à ce sujet. Tant
mieux. J'aime autant qu'il ne soit plus là ; j'aurais eu
peut-être de la peine à le convaincre. Oh ! soyez tranquille, il reviendra.

M. le comte n'aime pas la dynastie napoléonienne ;
il faut lui rendre cette justice qu'il le déclare assez
carrément : Napoléon Ier n'est pas plus dans son cœur
que Napoléon III et IV, mais vous allez voir jusqu'où il
pousse son désintéressement ; il sait que Napoléon Ier
est aimé du peuple, que cette grande figure a toujours
provoqué dans les masses une espèce de culte ; aussi
malgré toute sa haine, voyez-le venir crier : M'enlever
cette statue légendaire, oh ! rendez-là moi, je vous en
prie ! remettez-la sur la colonne Vendôme ; cela m'est
désagréable de voir l'homme au petit chapeau ; mais le
peuple français au nom duquel je parle, est ému de
cette disparition. Rendez-moi la statue primitive, je
vous en supplie, pas pour moi, mais pour le peuple. Je
ne passerais pas sur la place Vendôme, j'irais faire le
tour par la place de la Concorde en ayant soin de dé-
tourner les yeux de l'obélisque pour ne pas me rappeler
les guerres d'Égypte ; mais la statue du peuple, je vous
prie !

Le prince Gortschakoff demande la suppression des
balles explosibles. La chose est accordée immédiate-
ment par la France, et les autres nations souscrivent à
cette demande. C'est quelque chose, n'est-ce pas ? mais
comme tout ces généraux sont au-dessous des idées
humanitaires de notre cher M. de Rochefort ! Lui, de-
manderait la suppression des guerres, et il implore les
gouvernements de ne plus jamais se livrer de batailles !

= Ah ! qu'il nous indique le moyen ?

Vous savez, lecteur, que c'est l'interrupteur qui est
revenu ...

— Allez le trouver, rue Montmartre, il ne sera pas en peine croyez-le bien ; c'est un homme si extraordinaire. Vous verrez, il vous indiquera cela simplement, doucement, sans emphase. Vous n'êtes pas imprimeur, n'est-ce pas ?

= Pourquoi cette question ?

Oh ! pour rien.

— L'idée d'une brochure à faire imprimer, mais puisque vous n'êtes pas imprimeur, cela suffit. Je vous disais donc : allez voir M. de Rochefort, il vous donnera la recette de *ne pas battre*.

Dans *la Lanterne* n° 4, l'*invincible* rédacteur cite un mot de M. Ernest Picard :

« Pourquoi voulez-vous une caisse ? demandait un « orateur.

« Pour la vider, interrompit le député de la Seine, « devançant ainsi la réponse du Gouvernement qui n'aurait certainement pas mieux trouvé. »

Là-dessus, le comte nous conte un conte charmant...

= Ah ! oui, je me rappelle ce passage ; en le lisant, je lis cette réflexion que M. de Rochefort, à la place du député, aurait répondu :

Pour la remplir des nombreux 40 centimes que me donnent les 120,000 *curieux* qui lisent ma *Lanterne*. Vous voyez comme l'opposition systématique peut tenir lieu de la *danse des écus*.

Que ce M. de Rochefort se connaît peu ; c'est là le mérite de tous les gens *modestes ;* comme il est ingrat envers lui-même. Voilà un homme ayant toutes les qualités, qui combat tous les abus, qui possède au suprême degré cette justesse d'appréciation que pas un ministre, que pas un fonctionnaire ne possède (M. de Rochefort l'a dit assez souvent), et voilà cet homme qui gémit en songeant que l'aiguilleur chargé de maintenir sur la bonne voie le train des ministres qui va à Saint-Cloud, ne vienne à faire dérailler toute la politique de la France.

Mais M. de Rochefort, vous ne songez donc pas que *vous nous* resteriez, que la majeure partie de ces hommes que vous attaquez constamment, ces *illettrés*, ces gens sans *style* académique ne nous feraient nullement défaut, que la prédiction du charmant rédacteur du *Gaulois* est là, vous vous rappelez la « malice du sort »; que, débarrassés à tout jamais de ces gens qui vous déplaisent si fort, vous nous resteriez avec votre *sagacité*, *votre esprit de droiture*, et que ceux qui viendraient, écoutant tous vos *sages conseils*, votre *saine morale*, nous administreraient à *votre façon*. La France serait sauvée, et c'est vous qui auriez, par votre *Lanterne*, accompli ce prodige, digne du plus grand des héros ! Aussi tous les membres de cette nation que vous avez tant *chantée*, tant *secourue*, pour laquelle, *vous l'avez dit*, vous sacrifieriez tout, argent, avenir et *Lanterne*, tous les membres de cette nation, dis-je, vous en seraient redevables. Ah ! ne vous y trompez pas, le peuple français vous apprécie. Après la lecture de vos dix premiers numéros, chacun proclame que vous êtes le *seul* qui fassiez bien. et je le répète pour faire chorus, la France sera sauvée par vous !

Vive la France !

Vive le comte de Rochefort !

Vive à jamais le libérateur qui renverse l'esclavage et ouvre l'ère de la liberté, qui secoue tous les jougs, fait tomber tous les abus et relève par son éloquence et son courage cette nation :

« Si dégradée »

« Si ignorante »

« Si arriérée »

« Si tombée »

Vive, vive de Rochefort !

Tel est le cri qui s'échappera de toutes les poitrines françaises et étrangères aussi.

Vous allez peut-être trouver que je suis un peu enthousiaste, mais vous êtes si *grand*, si *noble*, si *juste*, si *vrai* que cela se conçoit bien.

= Ah! mon cher, permettez-moi de vous féliciter vous avez dit tout cela avec tant de chaleur que j'ai failli être de votre avis ; vous savez, il ne faut pas recommencer souvent ainsi, cela pourrait vous monter au cerveau et vous rendre fou.

—N'importe, Monsieur, je serais fou par M. de Rochefort, et ce serait une large compensation.

= Pour vous donner le temps de respirer un peu et reprendre le calme, voulez-vous me permettre de vous conter une petite histoire qui se passait à Paris, alors que vous n'y étiez pas ; nous reprendrons ensuite la discussion sur *la Lanterne.*

— Voyons votre histoire.

= Elle concerne Mangin, un homme passé à la postérité par ses crayons et son casque. Un jour, passant sur la place de la Bourse, je l'entendis débiter son boniment. Je m'arrêtais. S'adressant à la foule, voici ce qu'il disait :

« Tas de badauds, de crétins, d'imbéciles, vous êtes tous là me regardant avec des yeux hébétés et cherchant à comprendre ce que je viens faire sur cette place. Vous poussez la naïveté jusqu'à écouter mes platitudes, mes méchancetés et mes mensonges; après quoi, mettant la main dans votre poche, vous me présentez 20 centimes en échange de mes crayons, qui valent ce que valent tous les crayons possibles ; je les recouvre d'une couche légère de dorure, et cela vous suffit pour croire à leur supériorité. Eh bien! tant pis pour vous, crédules que vous êtes, niais profonds, prenez, prenez, moi j'encaisse votre argent et c'est tout ce que je désire. Cette voiture, ces chevaux, ces laquais, c'est vous qui payez tout cela; jusqu'à mon casque, avec lequel je ne vous salue jamais, qui a été fait avec votre argent. Vous croyez à la supériorité de ma marchandise, parce que pendant un certain temps je vous ai fait un mensonger boniment sur sa fabrication, etc., etc., vous m'avez cru entièrement et vous avez bien fait, puisque cela m'a rendu riche.

Je viens vous dire le contraire aujourd'hui, mais c'est fini; la réputation de mes crayons c'est votre niaiserie qui l'a créée, et vous ne voulez pas en avoir le démenti. Merci et soyez heureux! Que le ciel vous contemple et que Dieu vous bénisse!

Allez la musique, que la grosse caisse résonne et allons ailleurs.

Et la foule riait, applaudissait et achetait. Voilà, j'ai fini; c'est assez amusant, n'est-ce pas. Reprenons alors nos appréciations sur *la Lanterne*. Continuez vos citations.

⁂

—A la page 232 de *la Lanterne* n° 4, *l'habile* rédacteur parle de la défaite définitive de Waterlo et reproche les fautes les plus graves à Napoléon Ier.

Un homme tel que M. de Rochefort a bien ce droit-là, malgré la liberté qu'on ne possède pas de parler, selon lui. Vous le voyez toujours juste, toujours vrai.

= Ah! n'allez pas recommencer vos cris enthousiastes, je vous prie, il ne manquerait plus que vous alliez faire triompher de semblables idées, laissez-nous admirer tranquillement le style spirituel de votre écrivain, mais n'allez pas plus loin.

⁂

— Dans ce même numéro, page 228, je trouve l'histoire d'un perroquet; elle a été répétée bien souvent sous diverses formes; qu'importe, *la Lanterne* veut la redire et la transmettre aux générations futures, car ne vous y trompez pas, cette publication est immortelle, même après sa chute, si elle chute. Cette histoire prouve que le rédacteur de cette lumineuse publication, s'y connaît en fait de perroquet, et cela me suffit. Tout le reste, lisez-le, et vous verrez si comme moi vous n'y criez pas :

Vive de Roch......

= Assez ! assez ! vous nous assourdissez.

— Que le diable vous emporte comme dirait l'aimable de Rochefort.

— *Lanterne* nᵒ 5, page 242, je trouve ceci :

« Ce qui prouve que notre pays a mauvaise tête et bon cœur. »

N'allez pas, je vous prie, établir un parallèle entre cela et M. de Rochefort.—Oh ! non, ce n'est pas lui qui l'a dit (*c'est un certain Morny ou de Morny*).

Cette diable d'histoire de perroquet me poursuit toujours :

M. de Maupas,

M. de Persigny,

M. de Morny,

M. de Rochefort.

Le Perroquet, le perroquet.

Tout cela vient confusément à mon esprit. J'éprouve le besoin de me reposer un instant.

= Reposez-vous, reposez-vous, mon cher, nous avons le temps.

M. de Rochefort ajoute que le Gouvernement a la simplicité de se persuader avoir donné la liberté de la presse.

= Comment votre rédacteur n'est pas satisfait, il veut plus de liberté, mais alors qu'est-ce qu'il dirait dans son journal, bon Dieu. je vous le demande ? Mais mon cher, vous me faites frémir, j'en ai la chair de poule, oh ! taisez-vous ! taisez-vous !

— Mais bavard sempiternel, laissez-moi achever.

= Non ! non ! mille fois non ! à l'ordre, à l'ordre.

— Eh bien, soit ! je me tais, mais vous n'allez pas, je suppose, trouver à redire à ceci . Les journaux ont publié :

« Malgré les fortes chaleurs, on ne signale pas dans Paris un seul cas de choléra. »

Vous croyez peut-être que cela a pour but de renseigner et de rassurer les Parisiens, et autres habitants de la capitale, naïfs que vous êtes. Écoutez le *charmant* écrivain et vous verrez que votre erreur est aussi grande que son talent. Si, avec une complaisance digne de quelques journalistes dévoués, on vous a dit cela, c'était uniquement pour vous dire ceci :

« — Orléanistes, royalistes, républicains, ce n'est pas
« sous les gouvernements de vos rêves coupables que
« les chaleurs se dispenseraient d'amener des épidémies.
« Mais sachez-le une fois pour toutes, avec un pouvoir
« réellement fort et qui s'appuie sur huit millions de suf-
« frages, il n'y a pas de choléra. Que ceci vous serve
« de leçon. »

Vous le voyez, fort peu de gens auraient eu l'idée de faire une pareille traduction; n'est-ce pas là l'apogée des appréciations précises et vraies.

= Allons, bon ! voilà le choléra qui se met de la partie et sert de prétexte à Rochefort pour attaquer le Gouvernement. Voilà un coup qui peut vous sembler bien vigoureux, à vous, qui êtes coiffé de la prose de votre rabâcheur, mais croyez-moi, cela est au contraire une faiblesse qui a provoqué l'hilarité générale, j'en suis certain.

— Page 289 du n° 5, M. Henri ne vous dit-il pas que pour obtenir la décoration, il suffit de faire des démarches, de commettre des platitudes et de supporter des avanies. Que peut-on opposer à de semblables arguments ? Il est juste d'ajouter qu'il déclare en terminant que cette fois il ne s'en prend pas à la France seule-

ment, car ces platitudes, ces démarches, ces avanies
sont renouvelées dans tous les pays du globe, voire
même chez les Indiens Pieds-Noirs, et de là, ressort
cette preuve évidente, à *son point de vue*, qu'il n'y a
partout sur cette boule ronde que des crétins, qui n'ont
jamais rien fait que des platitudes pour obtenir une décoration. Il termine en disant qu'il aurait cru les Pieds-
Noirs plus intelligents et je l'approuve, car ni souverains, ni ministres, ni décorés, ni citoyens d'aucun
pays n'atteindront l'intelligence remarquable et la juste
manière de voir les choses de ce *dévoué*, de ce *charmant*, de ce *perspicace* journaliste.

= Ah! mais prenez garde, ne vous laissez pas encore
entraîner par un enthousiasme aussi insensé que dan-
gereux pour votre cerveau, déjà attaqué, je le vois.
Si vous continuez, Rochefort va déteindre sur vous,
grâce aux diverses couleurs employées par lui, et je ne
vous vois pas blanc.

— Possible, possible, mais telle est ma façon de pen-
ser ; nous sommes libres d'avoir notre opinion. Alors
laissez-moi tranquille.

— Toujours dans le n° 5, à la page 296. M. de Rochefort traite de détestables les discours des ministres.
N'êtes-vous pas de l'avis, en effet, qu'il y a à la Chambre
des députés érudits, savants et sincères, mais qu'il faut
les chercher dans l'opposition et non dans les défenseurs
du Gouvernement ?

= Permettez, pour arriver à être ministre, M. de Rochefort et vous, vous voudrez bien me faire cette conces-
sion qu'il faut du savoir, de l'éloquence, de l'érudition,
et que pour riposter à vos gaillards, comme vous le
dites si bien, il ne faut pas être détestable.

— Oh ! cela n'est pas mon affaire; de Rochefort l'a
dit, ça me suffit, je crois en lui.

Ce n° 5 se termine par une plaisanterie de bon goût, comme sait toujours les faire le *grandiose* fabricant de *Lanternes*. Comme il est adroit et fin, délicat dans tout ce qu'il dit. Un autre que lui lancerait des grossièretés à M. Pinard sous le prétexte qu'il ne l'aime pas ; il se contente de lui attribuer ce qui suit :

« Je ne suis pas grand, mais je suis très-fort. Tâtez
« un peu mes biceps. »

Est-ce gentil, est-ce bien tourné et surtout éloquemment avancé. Tenez, moi, je voudrais que ce soit toujours M. de Rochefort qui parlât. On pourrait lui confier tous les discours que doivent faire les ministres, et nous dirions adieu à tout jamais aux *détestables* discours.

Ne me contrariez pas là-dessus ; ce qu'il a dit là est *grand* et *superbe* !

— *Lanterne n° 6*. Le *sublime* comte nous apprend que des rapports ont été faits sur le succès prodigieux de sa *Lanterne*, que ces rapports sont l'ouvrage des commissaires de police, et que l'un deux, un *écharpé* (comme c'est adroit et nouveau surtout) s'est permis de manifester l'opinion qu'il fallait laisser tarir la verve de l'homme d'esprit, et que *la Lanterne* comme la lampe qui n'a plus d'huile, s'éteindrait d'elle-même. La verve de M. Rochefort tarir ! Voilà un commissaire de police qui ne le connaît pas. Tant qu'il existera un Gouvernement, Rochefort sera là pour éclairer les *ignorants*. Ah! si les Gouvernements disparaissaient tous, la chose serait possible, car son but serait atteint. Ce n'est pas l'argent qu'il retire de sa *Lanterne* qui le fait agir, oh non !

= Mais alors qui dirigerait ce peuple qu'il traite d'ignorant, de tombé et de crétin ?

— Ah! pour le coup ceci surpasse tout ce que l'on peut imaginer. Votre question est bizarre, tout au moins,

et votre réplique bien niaise. Eh bien! et de Rochefort!
Il n'y aurait plus de souverains, plus de Gouvernement,
plus de *Lanterne*, très-bien! Mais M. Henri ne serait-il
pas là, avec ses *idées*, ses *conseils*, et ses exemples.
Ah! Tenez, vous me faites rire.

— M. de Bismark est reconnu par M. de Rochefort le
« seul homme d'Etat européen qui mérite véritablement
ce nom. » Vous voyez qu'il sait reconnaître bon ce qui
l'est véritablement.

= De Bismark bon, mais vous êtes donc attaqué de
plaisanterie incurable. Ah! il est vrai qu'il est Prussien,
mais s'il était Français; oh! alors de Bismark serait
homme à discours détestables, à sermons écœurants, etc.
Vous voilà bien avec votre école de redressement. La
France, pouah! La Prusse, l'Angleterre, l'Amérique,
vivat! vivat! Qu'avez-vous donc fait de votre patrio-
tisme?

— Laissez-nous donc tranquille avec ce grand mot;
par le temps qui court, M. de Rochefort a bien d'autres
chats à fouetter.

= Dans quel siècle vivons-nous, mon Dieu, pour
entendre de semblables choses.

— Dans le siècle des *Lanternes*, mon cher monsieur.

— Page 341, n° 6. L'*incroyable redresseur de torts*
nous fait assister à un changement de décors à vue, la
place du Carrousel devient son théâtre et les Tuileries
le sujet de la transformation. Il tire la ficelle, et il en a
plusieurs, croyez-le et crac.......
Voilà le palais de nos rois changé en maison de fous,
et pour rendre la chose plus originale, il munit ces fous
de portefeuilles. Comme cela est spirituel, charmant,
adroit, hilarant? Moi j'en ris beaucoup, mais je ne puis
être de l'avis de ce monsieur qui me disait : c'est dans
la rue Montmartre que s'est accompli ce changement, il

y a déjà plus de trois mois. Je me doute bien qu'il a voulu faire allusion au *confectionneur* de *Lanternes*, mais cela n'a pas sa raison d'être. Pour les autres, c'est différent.

— Ce numéro est terminé par un appel au public. Le *courageux* de Rochefort propose à celui-ci d'ouvrir une souscription pour élever un monument :

A. M. TESTE

« *Qui fut trois ans ministre,* etc.

Pour le récompenser de ce modèle de prose et en récompense de ce qu'il fait pour les autres, j'ouvre également une souscription pour élever un arc de triomphe qui remplacerait celui de l'Étoile. Cet arc de triomphe aura la forme de la *Lanterne* ; sur un des côtés, celui faisant face aux Champs-Elysées, on lirait : « *Vu la défaite définitive de Waterloo,* vu les fautes les *plus graves commises par Napoléon I*er, et ayant appris tout cela par le rédacteur de *la Lanterne,* le peuple français a démoli l'arc de triomphe élevé autrefois à Napoléon, pour y faire ériger, par des architectes qui n'ont jamais eu la faiblesse de construire des palais, un monument grandiose, pour répercuter dans tous les pays de la terre et aux générations futures, le bruit que fit *la Lanterne* au XIXe siècle et les changements plus qu'heureux qu'elle provoqua.

Signé : Tout le peuple França s,

Un nombre considérable d'étrangers de tous les pays.

Sur le côté droit, on lirait :

Au comte de Rochefort, la patrie reconnaissante! A l'homme qui se contentait tout simplement d'un bénéfice de 60,000 francs par mois ; nous, vu cette trop faible rémunération, déclarons avoir souscrit à l'érection de ce monument pour perpétuer le souvenir de notre *cher Henri.*

Sur le côté gauche, l'inscription suivante serait placée :

« Je m'inquiète d'autant moins de mes destins
« futurs, que ceux de ma malheureuse patrie me
« tourmentent davantage. »

(*Extrait de la Lanterne n° 7, page 386.*)

Enfin, sur la quatrième face, on verrait (lettres d'or) :

« Si le jour vient jamais de sacrifier *Lanterne*, argent,
« avenir, soyez sûr que je ne ménagerai ni mon journal ni
« moi-même. »

Au-dessous ! une magnifique sculpture, où des palmes du martyre et des palmes de la gloire seraient entrelacées.

Sur le frontispice :

M. le comte Henri de Rochefort serait représenté debout, la couronne de lauriers sur la tête et étendant ses mains protectrices sur les peuples agenouillés.

C'est bien le moins qu'on puisse faire pour cet homme *incomparable !* Pas d'observations, je vous prie.

— *Page* 371. — Il rit à se désopiler la rate de l'attitude des ministres qui n'ont pas répondu à la proposition de sacrifier 10 0/0 sur leurs appointements dans les jours de crises. Proposez à l'homme qui rit si fort de sacrifier ces mêmes 10 0/0 sur le bénéfice de la *Lanterne* et vous verrez avec quelle spontanéité il les accordera; je n'ai que cela à vous dire.

—Ah ! pour le coup, ceci est trop fort et.....

— Taisez-vous à votre tour, mon cher, vous diriez quelque bêtise.

— *Page* 380. — « Le légitime héritier de Théodoros
« s'appelle Dejatch admaico, nom qui signifie « Il a vu le
« monde.» et sa mère Terum Warck, ce qui se traduit
« en français par « Or pur. »

=Oui, oui, je sais, votre *incorruptible lanternier* propose quelques significations à ajouter aux noms de MM. de Persigny, Magne et Rouher. Pour prix de cette découverte qu'il a pensé amusante, je lui propose celle-ci :

Rochefort signifierait :

Toujours frapper et me faire des rentes.

Vous parlez assez souvent pour que je m'octroie l'autorisation de placer cette simple réflexion :

— Date du dimanche 5 juillet. — Apparition du *Gaulois;* c'est là où M. Edmond About considère M. de Rochefort comme condamné par son tempérament à une opposition perpétuelle, en se demandant ce que deviendrait celui-ci, si, par une malice du sort, son rêve politique se trouvait réalisé. Mais nous avons déjà parlé de cela et n'avons rien à ajouter.

Page 397.— Le *grandissime* M. Henri parle de l'envoi à la Ville de Paris du buste en marbre de l'Empereur de Russie, ce qui porte à treize le nombre des souverains. Devant ce nombre qu'il est assez superstitieux de croire fatal, M. de Rochefort ajoute : « Je serais curieux de savoir lequel des treize dégringolera dans l'année. » Eh bien, je puis le rassurer, le nombre treize a produit son effet, le malheur est arrivé et nous n'avons plus rien à craindre. L'Empereur de Russie a eu le nez cassé en route. S'il plaît au *nec plus ultrà* des chroniqueurs de voir là-dedans un pronostic, il est libre, mais moi je considère le mal comme conjuré.

= A la page 413, il reconnaît, par exemple, que M. de Saint-Paul lui devait bien l'invention de la recette contre la rage. Je suis obligé d'avouer que je reste de son avis.

— Méchant, va !

— Par *p ost-scriptum*, M. Rochefort (ici soyons sérieux) cite un passage qui atteint son honorabilité, son honneur, chose qui a soulevé un cri d'indignation générale et auquel je participe très-volontiers. Ces sortes d'attaques n'ont même pas besoin d'être combattues. Le mépris suffit.

= Oui, mais ce n'était pas une raison pour s'en prendre à l'imprimeur. Si toutes les personnes que combat M. de Rochefort allaient frapper M. Dubuisson, il succomberait promptement sous les coups; il faut être juste avant tout. Vous verrez que cette affaire le fera condamner à la prison, et qu'alors il se proclamera victime d'un arrêt injuste. Je parie ce que vous voudrez qu'il en sera ainsi :

— Attendons !

= M. de Rochefort avoue dans le n° 8 qu'il jouit d'une grande perspicacité et d'une adresse à toute épreuve, qu'il a fait tomber M. le Ministre de l'intérieur dans ses piéges, mais que lui ne tombera jamais dans ceux de ce fonctionnaire. Je parierais qu'avant peu, et lorsqu'il s'agira de se défendre aux yeux du public, il fera retomber la faute commise sur un piége que lui aura tendu ce même ministre.

— N'anticipons pas, attendons, nous verrons après.

= M. de Rochefort fait le calcul

— Page 446 du n° 8, M. de Rochefort fait le calcul que M. Rouher gagne environ cent soixante-quinze francs par heure et il trouve que c'est un denier suffisant.

= Quand cela serait, il me semble qu'il n'a pas trop à se gendarmer, il gagne bien. lui, journaliste, ne cherchant qu'à toujours frapper, 15,000 francs par semaine, dit-on, soit 90 francs environ par heure et en lui accordant un travail constant de toutes les heures. Je trouve que faisant la comparaison, c'est aussi un bien joli denier. Mais ce sont toujours ceux-là qui se plaignent, avec d'autant plus de tort qu'à la page 451, il cite M. de Bismark qui ne touche que quarante-cinq mille francs par an, soit six cent soixante-quinze mille francs de moins que le journaliste Rochefort.

— Je suis forcé d'avouer qu'il gagne bien sa vie; qu'importe cela, il rend de grands services à la patrie, tandis qu'il prétend que les ministres n'ont que des sinécures.

= Oh ! avec cette opinion-là, on peut faire du chemin ! et nous irions trop loin dans la discussion.

— Il cite un mot du *Constitutionnel*, relatif à la mort de M. Paulin Limayrac.

« Le préfet du Lot est mort pauvre ! » De Rochefort ne croit pas cela et ajoute qu'il était sans excuse s'il écrivait pour son bon plaisir tous les articles qu'on a lus de lui.

= Parbleu, je vous y prends ; sans aucun doute, M. de Rochefort sait parfaitement qu'on n'emploie pas sa littérature et sa politique pour le bon plaisir de les employer, mais qu'il faut avant tout en retirer un bénéfice.

— Oh ! vous avez des appréciations !....

= Justes, Monsieur !

= Autre chose : A la page 453, il nous informe que la *Presse* annonce qu'on fabrique un sabre merveilleux destiné au Prince Impérial. Il s'amuse beaucoup de ce cadeau, et je parie que lui-même a offert le plus souvent des sabres et des fusils à de jeunes connaissances, à l'époque du premier de l'an, par exemple. Donner un sabre ou un fusil à un enfant du peuple, c'est beau, mais offrir cela à un prince, c'est le traiter de « marchand de vulnéraire. » Voilà la juste façon d'apprécier les choses de celui que *vous avez l'air* de soutenir.

— Page 18. « Il paraît qu'à la cour de Fontainebleau,
« la grande mode est de creuser des puits instantanés.
« Comme il est regrettable que la vérité n'ait pas en-
« core pu se décider à en sortir. »
Toujours aussi *modeste*, ce *brave* M. de Rochefort. Je vais dire ce que sa modestie lui a empêché de mettre à la suite de cette réflexion. Pour faire sortir la vérité d'un puits instantané, il ne s'agit que de le creuser avec une *Lanterne*. Les masses seront plus éclairées et verront mieux la vérité.

= Vous êtes désopilant avec vos croyances.

— A la page 23, avez-vous lu ce qu'il a écrit à propos de la mort de cet employé supérieur ? Eh bien, qu'en pensez-vous ?

= Tout simplement ceci : C'est que si on écoutait les sages conseils (comme vous diriez, vous) que donnent ces quelques lignes, nous deviendrions tous des gens impolis, mal appris et nous souciant fort peu d'être aimables, ce qui, selon moi, dénoterait l'absence des grandes qualités qu'engendre la politesse.

— Et moi, je vous réponds avec quelques variantes ces paroles du rédacteur.

Non, la France ne périra pas, car ce n'est pas un journal ordinaire celui qui, à de si nombreuses observations sur le cérémonial, joint la qualité de ne pas vouloir se découvrir devant qui que ce soit, encore moins devant les souverains.

— Page 31. L'*adorable* écrivain parle encore une fois des décorations du 15 août, histoire de ne pas en perdre l'habitude. En fait de décorations, je proposerai tout simplement, ce qui vaudrait mieux pour lui, une plaque, en exigeant qu'il la portât, non sur le côté gauche, pour ne pas faire confusion avec les crachats et autres ordres, mais sur le dos. Il y serait gravé ce mot CIVISME ! qui signifie comme vous savez (dévouement du citoyen), et en exergue : La France à Henri de Rochefort. La souscription, pour que trente-cinq millions d'habitants puissent y prendre part serait fixée à 1 franc.

On ferait frapper tout exprès, pour cette circonstance, de la monnaie à l'effigie de Rochefort.

— Page 36. Toujours quelques mots bien sentis sur Napoléon Ier, et toujours avec le même genre de justesse.

= Mais n'ajoutez donc pas votre *justesse* ?

— Ah ! Vous me tourmentez, à la fin.

— Page 42. Il est question ici du trombonne Jacob; ce charlatan portant nom de Zouave guérisseur. Plusieurs lecteurs ont demandé si M. de Rochefort n'allait pas protester contre ses procédés de magie blanche. — Il répond, non.

= Et je crois bien. Les loups ne se dévorent pas...

— Oh je vous en prie, n'achevez pas, je me porterais à quelques excès sur votre personne.

— Page 48. La France est la plus *ignorante* et la plus *arriérée* des nations, c'est l'*invincible* Henri qui le dit. Elle serait la dernière à abolir la peine de mort, si les choses continuaient à rester ainsi ; mais tranquillisons-nous, le règne Rochefort arrivant, cette France *arriérée* et *ignorante* verra encore de beaux jours ! Ainsi soit fait!

Lanterne nº 10.

C'est ici que se trouve le *Communiqué*. Revoir le commencement de notre brochure pour renseignements.

— Page 27. M. Rouher a culbuté de maladresse en « maladresse dans sa réponse au discours écrasant de « M. Jules Favre.»

Voilà ce que dit le *désintéressé* journaliste.

J'ajoute un petit conseil à l'adresse de M. Rouher : Monsieur, quand vous aurez à répondre d'une façon irréprochable à quelqu'un, donnez-vous donc la peine d'envoyer chercher notre *cher* M. de Rochefort et confiez-lui votre réponse. Vous pourrez dormir tranquille après, c'est moi qui vous le dis, mais n'allez pas en chercher d'autres que lui, parce qu'alors la réponse serait toujours attaquable. Elle pécherait toujours.

— Page 40, l'*inapréciable* faiseur de *Lanternes*, écrit que M. Sothern va revenir en France et que l'idée

de voir cette figure désagréable **va** rendre folle une
bonne partie de la population, et il ajoute : « Il était suffisant de voir sur les pièces de monnaie toujours les
mêmes têtes couronnées, « Et Dieu sait siquelques-unes
« sont désagréables à regarder.»

— Mais moi qui suis si appréciateur de l'homme *Lan-*
terne, je vais lui donner aussi le conseil de faire imprimer son image chérie que l'on mettrait à la place de
celle de Sothern, ce qui rendrait la raison à la partie
de la population qui l'aurait perdue.

= Vous pensez que cette gravure rendrait la raison,
mais si au lieu de les guérir vous alliez transformer la
folie en rage. Prenez garde!

— Que vous êtes mauvais! Enfin je vous pardonne
en faveur de votre sourire.

— *Page* 51. Réflexions relatives à la clôture de la
session législative : « Les députés se sont séparés aux cris
« de Vive l'Empereur! d'une part, et d'autre part de Vive
« la Liberté! » M. de Rochefort insinue que le cri de
ralliement devrait être « Naisse la Liberté! » Moi je suis
de cet avis, puisque la liberté même d'écrire *n'existe pas*.

= Vous trouvez cela eh ! Bien, ceux qui doutent de
cette liberté n'ont qu'à lire entièrement les dix numéros de *la Lanterne*, et ils jugeront ensuite. Je suis sûr
qu'ils diront tous, après cette lecture : Et que chantait
donc Henri qu'on n'avait pas de liberté !

Nous voilà à la fin des dix premiers numéros. Nous
reprendrons notre discussion à la deuxième dizaine et
nous ferons une croix si nous ne sommes obligé de la
faire plus tôt.

=Mais enfin, voyons, qu'est-ce que vous espérez que
fera *la Lanterne.*

— Ce que j'espère ? mais, mon cher, ce que tout le peuple attend. La réalisation d'un rêve, seul capable de tout bouleverser. J'espère que le peuple sera *libre, heureux !* que l'ennui disparaîtra de la terre.

L'instant n'est pas éloigné où nous n'aurons plus besoin de rien, rien, plus rien !

La terre fécondée par le ciel n'aura plus que des habitants devenus vertueux, dévoués et bons, se nourrissant d'herbes et de fruits et au lieu de soleil pour éclairer le globe, *la Lanterne* sera accrochée éternellement sous la voute céleste. De Rochefort ira allumer la bougie à la chûte du jour pour continuer son rôle de *propagateur des lumières.*

La nuit, un feu jusqu'alors inconnu entourera M. Henri qui planera comme l'ange sauveur au-dessus des peuples agenouillés pour le remercier.

Pour sténographie conforme,

H. MARCHAND.

Paris, imp. Paul Dupont, rue de Grenelle-Saint-Honoré, 45 (34388.8)

AU LECTEUR

Cette brochure était faite lors de la saisie de *La Lanterne* n° 11. Je tiens à constater ce fait pour n'être pas accusé de vouloir frapper un vaincu. Des circonstances imprévues ont empêché la publication de ce *Dialogue* le samedi 8 août.

H. M.

PARIS. — IMPRIMERIE PAUL DUPONT

45, Rue de Grenelle-Saint-Honoré, 45.